KB079737

501호, 그 女子

한국정형서 014

501호, 그 여자

ⓒ 이순자, 2019

1판 1쇄 인쇄 | 2019년 10월 15일
1판 1쇄 발행 | 2019년 10월 20일

지 은 이 | 이순자
펴 낸 이 | 이영희
펴 낸 곳 | 이미지북
출판등록 | 제324-2016-000030호(1999. 4. 10)
주   소 | 서울특별시 강동구 양재대로122가길 6, 202호
대표전화 | 02-483-7025, 팩시밀리 : 02-483-3213
e-mail | ibook99@naver.com

ISBN 978-89-89224-49-5 03810

* 2019 다이나믹익산아티스트 지원사업으로 출판비를 지원받았습니다.

이 도서의 국립중앙도서관 출판예정도서목록(CIP)은 서지정보유통지원시스템 홈페이지
(http://seoji.nl.go.kr)와 국가자료종합목록 구축시스템(http://kolis-net.nl.go.kr)
에서 이용하실 수 있습니다. (CIP제어번호 : CIP2019041606)

501호, 그 女子

이순자 시조집

이미지북

나의   삶은   그리움이다
골목을 지나가는 사람들의 발자국 소리도
주 고 받 는   말 소 리 도
내 겐   따 뜻 한   그 리 움 이 다
꽃이 피고 바람이 부는 것도 그리움이고
엄 니 의   하 소 연 도   그 리 움 이 다
그 그리움이 내게 와서 집을 짓는다
그 그리움 때문에 나는 시를 쓴다.

2019년 9월

이 순 자

501호, 그 여자

제3부 아무리 길이 멀어도

제4부 어느새 꽃물이 든다

제5부┃ 겨울이   내게로   온다

제 1 부

그 여자 가슴 속에는

501호, 그 여자
- 꽃차

선생님, 오늘은 꽃차 한 잔 주실래요?
꽃다발 주문하고 꽃차가 우러날 때
그 여자 가슴 속에는
꽃씨 하나 싹이 튼다

501호, 그 여자
-세월

새하얀 무명을 좋아하는 그 여자
발 모양을 그려서 가지런히 포개 놓고
바늘귀 노려보면서
입술을 오므린다

이마를 자꾸 덮는 흰머리 쓸어 내며
다초점 안경테를 올리려다 내리다가
저만치 도망간 세월
혼잣말로 꾸짖다가

가슴이 답답해서 창문을 열고 보니
얼굴이 시리도록 느닷없이 부는 바람
'세상에, 독살스럽게 춥다'
그 목소리 그립다

501호, 그 여자
- 손톱

오래 전에 시작된 사소한 습관 하나
가끔씩 때때로 손톱 끝을 깨무는
어쩌면 한결 같은 행동
오십 년을 넘겼나봐

설명하기 어려운 아홉 살 어린 나이
부끄러운 사건은 고개를 숙인 채로
날마다 깨물었나봐
아픈 줄도 모르고

수치심에 갇혀서 문드러진 손끝에
분홍빛 매니큐어 꽃잎처럼 수 놓고
'괜찮아, 네 잘못이 아니야'
속닥이며 웃는다

501호, 그 여자
−분리수거

남겨진 음식물을 통에 담아 칩을 꽂고
태우는 쓰레기는 봉투 가득 여미고

재활용 물건은 따로
또래끼리 나누고

−쓰레기를 그렇게 버리시면 안 되죠
−남 상관하지 말고 당신이나 잘 하든 돼
−교회도 다니시면서……

어이없어 웃는 여자

종량제 봉투 값이 아무리 비싸기로
까만 비닐 가득 채운 양심도 내던지고
향수를 온몸에 바른 여자

눈 흘기는 그 여자

501호, 그 여자
― 어깃장

4만 원이 있으면 서방을 갈아 친다

팔순을 코앞에 둔 할망구의 독설에
벼르던 대거리를 하고
몸살 앓는 그 여자

노망이 들었는지 아무 때나 어깃장
나이도 상관 없고 성별도 구별 않고
아뿔싸, 나도 늙어서
저리 될까 무섭다

501호, 그 여자

－사진

한복을 곱게 입은 사진을 내려놓고
줄을 긋는 칼끝이 섬뜩하여 멈출 때
손 잡고 웃고 있는 너
말이 없는 그 여자

어금니 앙다물고 인화지를 벗긴다
모서리도 빈틈없이 달라붙은 접착제
내 얼굴 작게 도려낸다
저고리도 오린다

일기장에 누웠던 조각난 기억들
옷고름 풀어 놓고 히죽히죽 웃더니
완납된 채무변제 증명서
택배상자 꾸린다

오늘의 운세
– 천만 송이 국화축제

일이 복잡해져도 당황하지 마세요
해답은 의외로 간단할 수 있어요
잠시 후 다시 시도해 주세요
공부 운이 왔네요

가을 향기 취하는 천만 송이 국화축제
꽃길을 걸으면서 꽃차를 마십니다
그래요, 그런 날도 있네요
꿈속 같은 그 공원

스치는 사람들도 반가운 이웃 되고
잊혀진 이름조차 한 송이 꽃이 되고
집으로 돌아가는 길
꽃향기가 따라와요

가을 일기

노오란 들길에 코스모스 피었습니다
억새꽃 촉촉이 아침 이슬 머금으면
내 마음 구름을 타고
여행을 떠납니다

뜨겁게 쏟아지던 그 햇살 물러가고
서늘한 바람이 골목을 쓸고 갈 때
불현듯 친구처럼 찾아와
손 내미는 외로움

울 밖 감나무의 얼굴이 붉어지면
내 안의 그리움은 사과처럼 익습니다
비 갠 뒤 쌍무지개 떴습니다
감사할 것 뿐입니다

추석 풍경

아침부터 도시는 몸살을 앓고 있다
하나 둘 골목을 빠져나온 승용차가
북새통 사거리에 모여 선물을 고른다

코너마다 줄을 서서 기다리는 사람들
숨 가쁘고 고달픈
기억은 모두 지우고
제각기 부피가 다른 그리움을 꾸린다

부푼 가슴 고향으로 발걸음 재촉하지만
주어도 모자라는 그 은혜 그 정성과
한가위 달빛 같은 사랑
견줄 수가 있을까

구월

무슨 일 있었을까, 팔월과 시월 사이
폭염과 무더위를 어디로 보냈을까
파아란 산과 들녘을 색동으로 채색한다

이른 새벽부터 그 누가 다녀갔나
무성하던 잡풀은 싹둑 잘라 흩어지고
매미는 데이터를 차단했다
접속시간 제한이다

창문을 반쯤 열고 홀로 길게 누우면
부스스 부스스스 속닥이는 나뭇잎
한지문 묵은 때를 닦고
꽃잎 한 장 바른다

가을이 간다

노란 은행잎이 편지함에 쌓인다
긴 여름 울던 매미 애타는 그 마음을
바람에 실어 보내는 사랑의 엽서일까

하얗게 식어버린 애증의 흔적처럼
창백한 하현달이 허공에 걸려 있다
그렇게 가을이 간다
그리움도 떠난다

장날, 작두콩

—작두콩 좀 사세요

—그것은 머한디요?

—인자 여름 가불고 찬바람 날 것인디
사다가 말려 놓고서 물 끓이믄 좋지요

—어디에 좋은디요
누구한티 좋아요?

—잡숴보믄 알어요
사람한티 다 좋아요

온몸이 따뜻해진다고
잔병치레 없다고

털보백화점

어찌 오랜만이랴
그간 잘 있었남
섰지 말고 앉어 봐
커피 한 잔 할랑가
안 본 새 별일 없었는지
안 그려도 궁금터만

요새 점순 언니 안 뵌 지 솔찬히 됐어
아무래도 전화를 해봐야 될랑개벼
혹시나 우울증 생기믄
돌볼 사람 없당게

욕쟁이 권사님은 장날이 젤 좋다고
옴서 감서 쉬어가는 털보네 옷 가게
온종일 웃음을 사고
근심 홀딱 털리고

우리 동네 북부시장

할매요, 고등어는 어디서 왔을까요
두 눈을 마주보며 안부를 묻습니다
바다를 떠나던 날은
소금밭에 갔었지요

텃밭을 이고 오신 엄니의 보퉁이는
삼 년 묵은 도라지, 시금치, 둥근 호박
큰언니, 데이트 갈 때
깻잎머리 그 맵시

이천 원 삼천 원에 장바구니 그득하고
오천 원 만 원이면 태평양도 살 수 있는
오늘도 넉넉한 인심
우울증은 주고 가세요

제 2 부

그 바람 부는 곳으로

일 기 예 보

흰   눈

어느 드라마 대사처럼 -새 옷

어느   드라마   대사처럼

-어머니의 넋두리

그거 참말 미안합니다-엄마께

어느 드라마 대사처럼-왜 이렇게

나   는   왜

미 안 해 요 ,   엄 마

당 신 을   닮 았 나 봐 요

바 느 질 을   하 다 가

냉   이   꽃

빨 간   구   두

선 물 이   도 착 했 다

내   마 음 의   풍 경

일기예보

내일은 낮에도 영하권이 많겠습니다. 내린 눈 얼어붙은 길 시간이 미끄러지고 날씨가 추운 관계로 고향 안부 묻기 바랍니다.

텅 빈 아궁이에 생솔가지 태우면서 매운 눈물 뜨겁게 흘리시던 어머니, 그 날이 바람 속에서 뜨개질을 합니다.

온 가족 모여 앉아 깔깔대던 웃음소리 문풍지 흔들면서 담장을 넘었건만 이제는 형광등 불빛 밤 깊도록 환합니다

흰 눈

사는 일 하도 갑갑혀서 까막눈 면할라고
국어 공부 산수 공부 삐뚤삐뚤 적었어야
그때는 알 것 같은디
집에 오믄 컴컴허다

칠순 넘긴 울 엄니, 호미질 까칠한 손
경로당 글방에서 몽당연필 손에 쥐고
과제장 펼쳐 놓은 밤
소복소복 쌓이는 눈

어느 드라마 대사처럼
-새 옷

머땜시 또 새 옷은 장만혀서 보냈다냐
입을 꺼 없을깜시 걱정일랑 허덜 말고
인자는 고만 사도 되어야
멀쩡한 옷 많어야

꽃 같은 시절에는 멀 입어도 갠찮허고
육신이 성할 때가 음식도 만납드라
요라고 늙어진께로
암꺼도 재미 없어야

어느 드라마 대사처럼
- 어머니의 넋두리

요새 와 요로코롬 입맛이 없다냐
인자는 고만 살고자퍼 죽어불믄 조컷어야
글케도 명命이 질다냐
보약도 안 혔는디

오래 살어 머헌다냐 손지도 모다 커불고
사는 게 징허당게 삭신은 쑤시고 애리고
남새밭 댕겨왔다허믄
침 맞어야 전딘당게

아랫집 금희 어매 수술허고 못 일어낭께
돈 버는 미누리가 지랄발광 허드란다
결국은 딸한티 올라가서
병고안을 시킨다드만

글케 살어 머헌다냐 기여서 댕기드라도
죽이 끓던 밥이 되던 아적은 기냥 산다만

하루가, 하루가 다르당게
숟구락이 무겁당게

그거 참말 미안합니다
-엄니께

엄니, 나는 엄니가 안 아프믄 조컷당게
장롱에 묵혀 놓은 좋은 옷도 끄내 입고
경로당 마실도 댕기고
미누리덜 거시기도 좀 허고

엄니는 이저 먹었을겨, 모케 따서 손질허고
광목에 풀 메겨서 새 이불 덮어주던 거
칼바람 끄떡없더랑게
따숩고 좋더랑게

콩 심고, 팥도 심고, 고추 마늘 도라지밭
민경 한 번 볼 새 없이 수건을 눌러쓰고
알뜰히 영근 곡식들
꼬투리만 냉겨노코 말여

꺼칠허던 손바닥 굳은살이 없어진다 혀도
쑥물 든 까만 손톱 시방도 그대로드만

그 손이 부끄럽더랑게

그거 참말 미안혀요

어느 드라마 대사처럼
-왜 이렇게

왜 이렇게 삭신이 자~꾸 아프다냐
밭일을 안 헌 지도 솔찬히 되었는디
군불을 때지 안 혀도 따숩고 조트라만

문풍지 안 발러도 바람 한 점 안 들오고
솜이불 안 덮어도 걱정할 거 통 없는디
무르팍 부서지듯 애리고
걸음조차 더디 걷고

팔순이 머시다냐 하릴없이 가는 세월
내가 아무래도 너무 오래 사는가벼
편한 게 존 거 아니더라
사는 재미 어딜 갔어야

나는 왜

학교 문 앞에도 못 가 본 어머니는
과제하는 내 옆에서 양말을 기우셨죠
얼마나 답답했으면 기역 니은 물으시며

그 나이가 될 때까지 학교를 왜 안 갔냐고
글을 묻는 엄마를 귀찮다고 짜증낼 때
구겨진 종이에 적은
당신 그 이름 석 자

삼십여 년 지나도록 김치를 담그면서
요리책을 들추고 인터넷 뒤져봐도
나는 왜 그 맛이 안 날까
엄마에게 묻고 또 묻고

미안해요, 엄니

나는요, 절대로 엄니처럼은 안 살라요
딸년의 목소리가 요란하던 그날
그래라, 에미처럼 살지 마라
돌아서서 울먹이던

갈라진 발뒤꿈치 엄니를 닮았네요
팔순이 지나버린 움푹 팬 눈가에
아직도 눈물이 맺히는
철부지로 남았네요

당신을 닮았나봐요

구두를 신었다가 부르튼 발 눈물짓고
빨간 립스틱은 어쩐지 어색하고
옷차림 수수하게 여미고
거울도 보지 않고

국밥집 언저리에서 친구를 마주하고
쓸어 올린 머리카락 바람에 흩어지면
그 바람 부는 곳으로
걸어가고 있지요

바느질을 하다가

밤 깊은 줄 모르고 바늘귀를 응시한다
자투리 천 맞대어 이리저리 이어 붙이며
귀뚜리 귀뚤귀뚤 우는데
홈질은 비뚤비뚤

십오 촉 전구 아래 깊어가던 그 겨울
구멍 난 발뒤꿈치 기워 내던 헝겊 조각
따뜻한 엄니의 사랑
덧대 볼 수 있을까

냉이꽃

엄니, 어느 새 경칩이 가차진게벼
새칠로 갈아 엎어 씨앗을 심군다고
이맘 때 쟁기질을 나서던 아버지의 그림자

눈알맹이 껌뻑대며 쟁기를 끌고 가던
늙은 암소 한 마리 뚜벅뚜벅 앞장서고
아버지 걸음걸이는 저벅저벅 따랐어야

살랑살랑 바람 불어 들판을 쓸고 가는디
엄니는 토방에서 씨감자를 손질허고
새봄이, 후딱 왔지라
냉이꽃이 질펀허당게

빨간 구두

열두 살 서랍 속에 꾸물대는 꿈 하나
네온 불빛 반짝이는 도회의 거리에서
새빨간 구두를 신고 따박따박 걷고 싶은

엄마를 졸라야지, 기다리던 장날
블라우스 나팔바지 놀러 온 서울 사촌
긴 머리 찰랑거리며 사뿐사뿐 걸어온다

닳아진 엄마 신발 기능성으로 바꾸던 날
진열장에 빨간 구두 나를 보고 웃는다
온종일 고추잠자리 허공을 빙빙 돈다

선물이 도착했다

1.5리터 페트병에 들기름 그득하다
통 하나 가득 담긴 김치 익는 냄새는
언제나 익숙한 그 맛
들숨 깊게 마신다

참깨, 고춧가루, 통통 여문 마늘도 있다
지난 여름 폭염에 허리 굽은 줄 모르고
오늘도 아픈 손가락, 웃자라는 그 걱정

엄마는 어쩌다가 내 엄마 되었을까
가슴이 울컥해서 물음을 던져본다

흰 머리 염색하던 날
선물이 도착했다

내 마음의 풍경

우리집 꽃밭에는 할미꽃 패랭이꽃
해 뜨는 아침이면 나팔꽃 인사하고
달 뜨는 저녁이 오면 오동잎 떨어지고

봄에는 삐비꽃이 가을엔 억새꽃이
바람이 불 때마다 하얀 손 흔들더니
흰 모자 눌러쓴 엄니
논두렁에 앉아 있다

언제나 내 마음은 들길 따라 달려간다
백일홍 맨드라미 피고 지는 고샅길을
오늘도 눈 큰 황소가
쉬엄쉬엄 걸어온다

제 3 부

아무리 길이 멀어도

삶   은
여   행
양   심   론
              새
그리움, 비에 젖다
살 다   보 면
N   E   V   E   R
지   천   명
콩   레   이
전 을   부 치 며
아 들 을   보 내 고
엘 리 제 를   위 하 여
배 롱 나 무   전 설
그   날

삶은

들숨
날숨
그리고 그 사이
누굴까

나는 가만히 두 눈을 감는다

가끔은
멈추고 싶지만
굴러가는
그것

여행

돌아오기 위하여 떠나는 것이다
돌아오지 않는다면
돌아올 수 없다면
그것은 여행이 아니다
언젠가는 돌아온다

날마다 찾아오는 낯선 길, 낯선 사람
묻고 묻고 또 묻고
끝이 없는 물음표
인연은 모두 다 선물이다
물음 주는 스승이다

양심론

예배나 예불이나 그것은 중요치 않다
첫새벽 장독대에 조왕물을 올리며
산다는 그 이유만으로
행복할 수 있다면

글눈이 어두워서 예배당을 못 가도
스님의 설법조차 어려워서 못 들어도
아무리 길이 멀어도
웃으면서 걸어가자

어떤 종교에도 발을 놓지 못하고
세상이 돈으로 병들고 썩더라도
양심은 지키고 살자
그럼에도 불구하고

새

오후의 창가에는 새들이 모여든다

무슨 일 있었는지 할 말이 너무 많아
후렴구 도돌이표를
쉬지 않고 노래한다

혼자서 재잘대다
친구와 수다도 떨고
아무리 들어봐도 지지배 지지배배
고달픈 새들의 사연
나뭇잎은 알고 있다

그리움, 비에 젖다

천천히 걸어가는 비에 젖은 그리움
이곳까지 온 이유를 나지막이 묻는다
낱낱이 돌이 되어 쌓인
기억들을 닦으며

'그대 정—말로 나를 사랑한다면'
오래 전에 부르던 유행가 한 곡조가
목구멍 깊은 곳으로
뜨겁게 흘러간다

상처 난 몸뚱이에 반창고를 붙이고
숨이 차는 비탈길을 맨발로 걷는다
다시 또, 비가 내린다
젖은 우산 펼친다

살다 보면

스님은 주무실 때 와선臥禪을 한다지요
엉덩이 치켜들고 엎드려 잠 못 들 때
억지를 부려봅니다
공부하고 있다고

긴 밤을 뒤척이며 거친 숨 몰아쉬고
불평은 우선 멈춤 원망은 정지선에
때로는 빨간 점멸등
비보호로 살아도

먼 길 걸어가다 지치고 무너질 때
걱정도 친구 삼고 근심도 안아 주고
반창고 붙이고 떼다 보면
성자 되는 깨달음

NEVER

묻지 말자
내가 믿고 의지했던 시간들
변하지 않는다고, 거짓은 아니라고
어쩌면 그럴 수도 있다고
지웠다가 또 쓴다

그래, 웃는 거야
저만치 멈춘 세월
감히 기대하며 사는 건 아니었다
나는 또, 보내고 돌아서서
벙어리가 되자

지천명

어디에서 왔는지
어디로 가야 할지
언제 무엇을 어떻게 할 것인지
모르고, 철부지로 살았지요
아는 것이 없어요

모른다는 것조차 모르고 있었지요
'사람은 하늘이 도와야 사는 법이다'
그 말씀 이제야 들립니다
모두 다 "예" 합니다

앞서 가는 욕심을 눈치채지 못하고
착하게 정직하게 사랑하고 사랑받고
그것이 전부는 아니라고
하늘의 뜻 배웁니다

콩레이

불필요한 외출을 삼가 주십시오
산사태 상습 침수 저지대 위험지역
안전에 유의하세요
반복되는 뉴스 속보

두근두근 두려움이 창문을 흔들고
쏟아지는 빗소리 걱정을 몰고 온다
저만치 산을 넘는 바람
부서지는 천둥 소리

세찬 비바람은 휘파람 불고 불고
꼿꼿한 나무들도 온몸을 휘청이듯
내 인생 예고 없는 태풍
성장통을 앓는다

*콩레이 : 2018년 제25호 태풍.

전을 부치며

일자리를 찾아서 집 떠난 아들 놈
추석 휴가 온다고 흥분된 목소리에
어쩌나, 아들이 좋아하는
명태전을 만든다

명절이 돌아오면 온 동네 기름 냄새
전 부치고, 고기 굽고, 나물도 무치고
울 엄니 옷자락 찌든 냄새
내 몸에 스며든다

아들을 보내고

뒤틀린 네 신발을 보면서 미안했다
그토록 고단한 삶 말없이 살아내고
얼마나 힘들었을까
가슴 참 무겁다

지난 일 내려놓고 이제 다시 시작하자
공항에서 국밥 한 그릇 먼 길 배웅하고
뜨거운 국물 때문일까
혓바늘이 돋는다

엘리제를 위하여
− 베토벤, 불멸의 여인

피아노의 건반을 두드리는 손가락이
총총히 걸어가다 슬몃 뒤를 돌아본다
오늘도 사연은 남아
강물처럼 흐른다

사랑의 기억들은 그림자로 길어지고
춤추는 음표 되어 허공을 날아와서
한 방울 눈물 없이 우는
새처럼 지줄댄다

배롱나무 전설

바다로 향하는 길
줄지어 선 배롱나무
한낮의 태양처럼 뜨겁던 사랑으로
바람에 나부끼는 깃발
피로 물든 그 사연

어여쁜 기다림은 절벽으로 떨어지고
양지바른 그곳에 말없이 피고 지는

사랑은 꽃이 되었다
눈물
뚝
뚝
떨구는

그날

어떻게 지냈느냐
염치없는 한 마디

한참을 지웠어도 흔적은 남았는가

하늘이 부끄러워서
대답 대신 웃는다

제 4 부

어느 새 꽃물이 든다

그대에게

꽃이 핀다, 꽃이 진다
그것은 사랑이다
어여쁜 저 이름을 누가 지었을까
오늘은 비가 내린다
꽃잎 다 젖는다

봄눈 내리는 날

함박눈 꽃잎처럼 산허리를 감싸고

피아노 하얀 건반 다정하게 두드린다

오선지 텅 빈 그리움

바다 멀리 보낸다

통도사, 봄

어디쯤에서 왔을까, 코끝이 간지럽다
안개비에 흠뻑 젖은 홍매화 꽃가지는
분홍빛 입술연지를 바른
신부처럼 웃는다

회색빛 겨울 외투 가지런히 벗어 놓고
간절한 그리움 금강계단 앞에 서면
어느 새 꽃물이 든다
산수유도 환하다

봄 길

바람이 분다, 문득

그림자가 밟힌다

하얀 머플러를 연기처럼 날리며

내딛는 발자국마다

활짝 웃는 민들레

봄날의 초대
– 황등을 지나며

우체국 지붕 위로 꽃노을이 타오를 때
빈 교실 풍금 소리 서쪽 하늘 물들이고
고단한 완행열차가 간이역을 지난다

골목길 포장마차 따뜻한 불빛으로
집으로 돌아가는 돌공장 망치 소리
목련꽃 떨어지던 날 사진 한 장 남았는데

황토밭 고구마는 줄기 길게 뻗어가고
찰랑대는 단발머리 지천명을 넘었건만
언제나 삐딱한 모자 그 머스마 뭘 할까

느낌표

시계의 초침 소리
창가에 바람 소리
나뭇가지에 앉아 노래하는 새 소리
비행기 지나가는 소리
느낌표를 찍는다

도라지꽃 피다

한 송이 도라지꽃 하얗게 피었구나
그 계절 무더위를 혼자서 견디면서
메마른 눈물 머금고
고개 숙인 나날들

괜찮아, 쓸쓸해도 나는 울지 않아
바람만 쉬어 가는 한적한 길가여도
내일은 온몸이 젖도록
가랑비가 올 거야

낮달 뜨는 오후

절룩이는 인생길에
짐 꾸리던 기억들
월세를 줄이려고
전세금 모자라서
하나 둘 트럭에 싣고
떠나고 또 떠나고

드라마 채널을 옮기듯
세월은 흘러갔다
불혹이 지나가고
지천명을 넘기고
창 넓은 고층 아파트
헐값에 팔기도 했다

학교 가는 아이들
가방 메고 달리던 골목
손 흔들어 이별하던

친구는 어디 있을까
오늘은 낮달이 되어
그 길을 읽는다

받아쓰기
─ 어느 홀애비의 푸념

말이여, 내가 언제 세상 뜰랑가 몰러도
땅에 묻힐랑가 불에 태워 재가 될랑가
모른다, 모른단 말이여
즈덜한티 짐은 안 될라는디

말이여, 죽어 어떡허든 한 개도 맘 안 쓸랑게
새 옷 한 벌 걸치고 떠나불믄 그만이제
오남매 울거나 말거나
생각도 안 헐란다

말이여, 살아서 오도가도 않던 자식
죽었다고 애통혀서 울믄 먼 소용이당가
밥 한 끼 같이 못 먹고
이십 년을 지냈어야

말이여, 내 팔자가 그런 걸 어쩐당가
원망도 안 헐란다 미워허믄 머허긋냐

시러도 내 자식이라

돌아서믄 보고잡드라

어떤 부고

그대가 떠나는 일은 황당하고 슬프다고
반세기 홀로 살던 빈 집만 남았다고
불현듯 전화벨 소리 흐느끼고 있었다

그 동안 함께 했던 기억만으로 충분했다
너무 빨리 떠났다는 내 생각 멈추고
가슴을 쓸어 내리며 향불 하나 사른다

잠 안 오는 밤

허전한 가슴 속으로
적막이 찾아온다

앨범 속 사진처럼
멈춰진 시간 속으로

창가에 하얀 그리움
찾아오고 떠나고

안티푸라민

어느 새 40년이 흘렀나 봅니다
뛰놀며 어쩌다가 가슴을 부딪쳤는지
"아부지, 젖이 아퍼요
자꾸자꾸 아퍼요"

갑자기 젖이 아픈 큰딸의 가슴에
몇 날이고 몇 날을 그 약을 발랐지요
"아부지, 더 더 아퍼요
봐봐요 부섰어요"

"요것이 먼 일이끄나"
약방에 다녀와서
걱정 말라 걱정 말라 빙그레 웃음 짓고
"클라고 그러는갑따
약 안 발라도 낫을 꺼다"

깨진 무릎에도 피멍 든 팔꿈치도

입김을 호호 불며 약 발라 주시던 손

그 날이 생각납니다

사랑받고 싶은 날엔

나, 비록

눈이 자꾸 침침해서 안경점 들렀더니
노안에 난시라고 말만 듣던 다초점 안경
동그란 유리알 두 개
왜 그렇게 비싼지

충치로 앓던 이빨 뿌리조차 뽑고 보니
못이, 계속치, 여기저기 인공치아
골고루 돈을 달라고
입을 크게 벌린다

턱 밑 주름살은 파문처럼 늘어져도
열일곱 단발머리 내 마음은 늘 그 언저리
꽃무늬 손수건을 접어
가방 속에 넣는다

동전

이른 아침 정성 담은 어머니의 도시락
들창문 활짝 열고 부르시던 할아버지
다섯 개 십 원짜리 동전
처음 만난 그 느낌

운동장 한가운데 까치발로 줄을 서서
공과금 떼어내듯 저금 먼저 내어 주고
소풍길 사이다 한 병
십릿길을 걷는다

일학년, 친구들과 진달래 꽃길 따라
김밥 삶은 계란 구멍가게 왕사탕
온종일 달달한 군침
아직도 남았는데

염색

세월을 탓해볼까
이순을 앞에 두고
자꾸만 이마를 덮는 흰 머리가 싫어서
새까만 사용 설명서
꼼꼼하게 살핀다

다시 봄이 오고
거울 앞에 앉으면
설레는 마음으로 빗질하던 그 자리,
기능성 모발 보호 강화
새 옷 입은 머릿결

제 5 부

겨울이 내게로 온다

가을비

가을비가 내린다 꽃단풍 얼굴마다
귓가에 속삭이듯 간지러운 몸짓으로
나무는 옷을 벗는다
사람 없는 길가에서

희미한 안개처럼 담배연기 토해 내며
사는 게 지랄이야, 혼잣말 지절대듯
바람은 높은음자리표를
그리면서 지나간다

괜찮다

가을이 그렇게 말을 걸어왔지요
푸르던 산빛 단청처럼 둘러 업고
참 좋다, 아름다운 세상
하늘 한 번 더 보자고

사소한 걱정으로 끌려다니는 나에게
가을 숲에 놀던 바람 손잡고 걷자네요
오늘도 기분이 좋다
외로워도 괜찮다고

가을, 밤은 깊어가고

이삿짐을 꾸린다
색색의 옷을 고르며
값을 치른 세월이 얼마나 많았던가

어쩌랴, 버리고 버려도
따라오는 그리움을

아무리 잠을 청해도
숨소리만 길어지고
까만 어둠 속을 뜬눈으로 더듬는다

빗소리 창문을 두드리며
수채화를 그린다.

전시회

늦가을 풍경 앞에 장승처럼 우뚝 서서
안경테 위로 밀고 실눈으로 바라본다
오래 전 잊혀진 추억
천천히 걸어온다

키가 큰 노인 혼자 그림을 훑고 간다
말없이 앞서 가는 그림자를 밟으며
새하얀 조명등 불빛
정수리에 가득하다

어느 가을

바람이 부는 날은 감잎을 떨구면서
여윈 가지 끝이 빨갛게 익어간다
꽃구름 지나가는 길
새 한 마리 날아간다

목화밭 씨방에서 하얀 웃음 터질 때
해바라기 지친 어깨 돌담에 기대고
민머리 할배장승은
돋보기를 쓰고 있다

낯선 그리움 하나 두 눈을 부릅뜨고
길가에 우뚝 서서 먼 산을 바라본다
햇살이 성안 가득히
춤사위를 고른다

홍시

주식도 깡통 되고
사업은 무너지고
정든 고층 아파트 헐값에 내던지고
시골집 앞마당 저편 키를 세운 감나무

꽃 진다, 꽃이 진다
후두둑 꽃이 진다
사나운 태풍조차 알몸으로 보듬고
엄마의 살 냄새 같은
물고 잠든 젖맛 같은

가을이 가는 길

혼자라는 시간이 외롭게 느껴질 때
나뭇잎 쏟아지는 오후의 산길에서
눈이 큰 친구를 만나
마주보고 웃는다

숨 죽여 울던 세월 혼자가 아니라고
설탕 없는 커피로 향기 짙게 머금고
그림자 길게 밟으며
걸어가고 있었다

겨울이 내게로

긴 여름 무더위는 파랗게 식어갔다
무심히 지나치던 화려한 쇼윈도우
빛 바랜 색동옷을 벗으며
이별의 손 흔든다

노을빛 찬란하게 산을 넘는 하루
바람 불고 꽃은 지고 나뭇잎 떨구면서
겨울이 내게로 온다
맨발로 걸어온다

겨울비가 내린다

작은 우산 손에 들고
또 한 손 가방을 들고
돌계단을 내려가는 기우뚱한 뒷모습
달리는 고속열차를 따라
겨울비가 내린다

차창을 문지르며 집으로 돌아오는 길
딩동딩동 울리는 대출금리의 유혹
신호등 빨간 불빛 앞에서
빗소리를 듣는다

동지

영하의 찬바람은 앞마당에 모여들고

빨간 까치밥 하나 지붕 위로 떨어진다

할머니 잔기침 소리 날아가는 까마귀 떼

배부른 항아리 속 동치미 익어간다

해거름 산을 넘는 긴 밤을 기다리며

한 그릇 팥죽을 빚어 허기 잔뜩 채운다

겨울 소묘

커튼을 걷어올리는 아침 산까치 소리
반가운 손님처럼 눈부신 골목 풍경
바람은 살갗을 찢어도
햇살 멀리 퍼진다

한낮 기온 영하 5도 창문 굳게 걸었지만
온종일 쉬지 않고 돌고 도는 보일러
빈 방에 고장난 시계
더듬더듬 기어간다

겨울 소묘 2

어린 고양이 울음소리가 오늘따라 날카롭다
도시의 아스팔트 시리고 추운 걸까
먹이를 찾으러 나간 어미를 부르는가

갈라진 벽 틈으로 찬바람만 새어 들고
창문 밖 은행나무 어둠 속에 갇혔건만
첫새벽 해수천식도 눈치 보며 사윈다

정형 속에 핀 그리움과 전라도 방언의 게미

오종문_ 시인

정형 속에 핀 그리움과 전라도 방언의 게미

오종문_시인

1.

시조 쓰기는 사람살이를 닮았다. 초장에서 중장으로 그리고 종장으로 이어지는 시조 쓰기가 사람의 걸음걸이와 다르지 않아서다. 창작자마다 다르겠지만, 인간의 행복 추구를 둘러싼 주제 의식에서 크게 벗어나지 않는다. 시는 개인의 서정에 밀착된 장르로 살면서 경험한 체험과 현실 인식 주제를 꾸밈없이 표현하거나 혹은 더 내밀한 방법으로 드러낸다. 그것은 시인만의 미학주의와 삶의 의미를 전하는 주제 의식을 표현해야 한다는 긴장이기도 하다. 이 긴장감은 혼란스러운 삶의 흐름을 사건 체계로 배열하고, 그 사건들의 관계를 설명하려는 것이다. 이 때 시가 모든 말들에서 그 조건 반사의 습관을 지우고 순결한 울림만을 남겨놓을 때 개인적이건 역사적이건 완

성되거나 완수될 수 없었던 것들의 온갖 한은 응어리에서 풀려나와 그리움으로 승화된다.

이순자 시인의 두 번째 시조집 『501호, 그 여자』에 실린 시편들이 그러하다. "나의 삶은 그리움이다. 골목을 지나가는 사람들의 발자국 소리도, 주고받는 말소리도 내겐 따뜻한 그리움이다. 꽃이 피고 바람이 부는 것도 그리움이고, 엄니의 하소연도 그리움이다. 그 그리움이 내게 와서 집을 짓는다. 그 그리움 때문에 나는 시를 쓴다."라는 '시인의 말'처럼, 독자와 그 그리움을 공유하고자 한다. 그리움의 대상은 어느 것에 한정되지 않고 다양한 색깔과 이미지로 나타나는데, 시인이 살면서 보고 듣고 느끼면서 채굴한 사물들을 그리움으로 꽃 피우면서 공감의 길로 나아간다. 그런가 하면 대다수의 지역 사람들이 매일 사용하는 일상의 지역 말씨, 즉 방언을 시어로 사용함으로써 사람들의 꿈과 욕망, 삶의 모습을 맛깔스럽게 표현해내고 있다. 방언(전라도 사투리)을 시어로 활용해 심미적 경험이나 운율적 효과를 부여하고, 주제 의식을 효과적으로 살려내면서 독자들에게 방언의 게미를 맛보게 해준다.

2.

요새 와 요로코롬 입맛이 없다냐
인자는 고만 살고자퍼 죽어불믄 조컷어야
글케도 명命이 질다냐

보약도 안 혔는디

오래 살어 머헌다냐 손지도 모다 커불고
사는 게 징허당게 삭신은 쑤시고 애리고
남새밭 댕겨왔다허믄
침 맞어야 전딘당게

아랫집 금희 어매 수술허고 못 일어낭께
돈 버는 미누리가 지랄발광 허드란다
결국은 딸한티 올라가서
병고안을 시킨다드만

글케 살어 머헌다냐 기여서 댕기드라도
죽이 끓던 밥이 되던 아적은 기냥 산다만
하루가, 하루가 다르당게
숟구락이 무겁당게
　　　　　―「어느 드라마 대사처럼-어머니의 넋두리」 전문

　　이 시대 어머니의 마음을 대변하는 이 시는, 어머니
의 마음 속 가장 뜨겁고도 황폐한 풍경을 그려내고 있다.
"인자는 고만 살고자퍼 죽어불믄 조컷어야"라며 넋두리
처럼 혹은 입버릇처럼 말하면서, 이제는 가까운 남새밭
에만 다녀와도 "삭신은 쑤시고 애"릴 정도로 몸과 마음이
망가져 큰 병원에서 허리 수술을 받고 싶지만, 행여 "수

술허고 못 일어"나 금희 어매 신세처럼 될까 봐, 아니 자식에게 짐 되기 싫어 "기여서 댕"길지라도 "죽이 끓던 밥이 되던 아적은 기냥" 살아간다면서도 "하루가 다르"고 "숟구락이 무겁"다고 말한다. 깊은 상실과 좌절을 견뎌내는 한 인간의 어머니가 겪은 고초나 그로 인해 응어리졌을 한을 구수한 전라도 사투리로 풀어내며 객관화하고 있다. 언제부터 부모의 노후가 자식에게 짐이 되었을까 씁쓸하지만 '긴 병에 효자 없다'는 말처럼, 건강 문제가 가족 간 근심이나 갈등을 부르는 큰 원인이 되고 있다. 간병은 간병대로, 치료비는 치료비대로 부담스럽고 버겁기 때문이다. 우리나라의 평범한 가계들은 대부분 살림살이가 빠듯하고, 가족 모두가 열심히 벌어야 하는 상황이라 부모 때문에 직장을 포기하고 병 구환에 전념할 수 없는 것이 현실이다. 그래서 가족 중 한 명이 노환으로 눕게 되면, 우애 좋은 형제 간에 금이 가고, 가정의 평화는 깨지기 시작한다. 병원비를 분담하는 경제적인 문제로부터 시작해서 누가 모실 것인가를 두고 심각한 상황으로 치닫게 된다. '긴병엔 간병보험이 답이다'라는 어느 보험회사의 '든든 100세 간병보험' 광고 카피는 오늘의 현실을 대변하고 있다.

그렇다. 시인의 어머니는 "학교 문 앞에도 못 가 본 어머니"(「나는 왜」)다. 겨우 칠순을 넘겨 "경로당 글방에서" "사는 일 하도 갑갑혀서 까막눈 면할라고" 평생 호미질한 까칠한 손으로 몽당연필을 쥐고 "국어 공부 산수 공부"(「흰눈」)까지 하는 열정을 가진 분이다. 그런데 팔순이 되면서부터는 밭일을 안 하는 데도 삭신이 자꾸 아프다고 말한다. 군불을 때지 않아도, 솜이불을 덮지 않아도 추위를 잘 견뎌냈는데, 지금은 "무르팍 부서지듯 애리고/ 걸음조차 더"다. 제 몸 하나 내 맘대로 못하는 "하릴없이 가는 세월"을 "너무 오래" 살았다면서 결코 "편한 게 존 거 아니"(「어느 드라마 대사처럼-왜 이렇게」)라며 사는 재미가 사라졌으며, 자식들이 "새 옷을 장만혀서 보"내자 돈 쓴다고 걱정하면서 입을 옷이 많으니 고만 사서 보내라고 말하지만, "꽃 같은 시절에는 멀 입어도" 잘 어울렸고, "육신이 성할 때"는 그 어떤 음식도 맛있었는데 "늙어진께로/ 암꺼도 재미없"(「어느 드라마 대사처럼-새 옷」)다는 속마음을 보여준다. 이런 어머니에게로 시인의 마음은 끝없이 달려간다. 가장 사랑하고 존경하는 사람, "엄니가 안 아프믄" 좋고, "장롱에 묵혀놓은 좋은 옷도 끄내 입고", "경로당 마실도 댕기"고, 며느리들에게 큰소리치면서 살라며 어머니의 마음 행간을 읽는다.

학교 문 앞에도 못 가 본 어머니는
과제하는 내 옆에서 양말을 기우셨죠
얼마나 답답했으면 기역 니은 물으시며

그 나이가 될 때까지 학교를 왜 안 갔냐고
글을 묻는 엄마를 귀찮다고 짜증낼 때

구겨진 종이에 적은

당신 그 이름 석 자

삼십여 년 지나도록 김치를 담그면서

요리책을 들추고 인터넷 뒤져봐도

나는 왜 그 맛이 안 날까

엄마에게 묻고 또 묻고

－「나는 왜」 전문

   시인은 "학교 문 앞에도 못 가 본" 어머니가 양말을 기
우면서 "기역 니은" 묻는 것을 귀찮아하고, "그 나이가 될
때까지 학교를 왜 안 갔냐고" 짜증을 냈지만, "구겨진 종
이에" 당신의 이름 석 자를 썼다고 고백한다. 마음으로는
다 이해하면서도 겉으로는 퉁명스럽게 대했다고 성찰한
다. 시인은 어머니 나이가 되어서야 그 마음을 깨닫는다.
"삼십여 년 지나도록 김치를 담그면서" 요리책과 인터넷
의 요리 레시피를 참고해도 엄마가 담가주었던 그 김치
맛이 나지 않아 "엄마에게 묻고 또 묻"는다면서 '나는 왜'
그럴까라고 자문한다. 어머니가 배움의 끈은 짧지만 지
혜로운 분이라는 사실을 깨닫지 못했던 어린 나이에 "절
대로 엄니처럼" 살지 않겠다고 쏘아붙쳤던 투정에 "그래
라, 에미처럼 살지 마라"며 마음에도 없는 말을 내뱉고
마음이 아파 "돌아서서 울먹이던" 어머니의 마음을 이해
한다. 어머니의 모질고 징헌 삶으로부터 벗어나고 싶고,

어머니와 같은 팍팍한 삶을 살고 싶지 않았던 시인이었
지만, 어머니를 닮은 것이 너무 많다는 사실을 깨닫는다.
어머니와 딸의 관계를 아무리 부정하려고 해도 자신의
행동과 몸에서 일어나는 현상들이 당신을 닮았음을 스스
로 인정한다. 자신의 "갈라진 발뒤꿈치 엄니를 닮았"다면
서 어머니의 삶을 살아간다고 고백한다. "구두를 신"으면
발이 부르튼 것도 그러하고, "빨간 립스틱"을 바르는 것
이 "어쩐지 어색하고", "옷차림 수수하게 여미고/ 거울도
보지 않고" 외출하는 것 등에서 어머니의 모습을 발견한
다. 그래서 시인은 "그 바람 부는 곳으로/ 걸어가고 있"
(「당신을 닮았나봐요」)다.

어머니와 딸은 서로를 가장 이해하는 존재로, 딸의 내
면에 어머니라는 존재가 깊게 침투해 있다. 같은 여성으
로 심리적 밀착감을 갖게 된다. 물리적으로 거리가 멀어
진다 해도 딸은 자기 안에 존재하는 어머니를 따르려는
경향성을 띠기도 한다. 그래서 시인은 "십오 촉 전구 아
래 깊어가던 그 겨울/ 구멍 난 발뒤꿈치 기워내던 헝겊조
각"같은 "따뜻한 엄니의 사랑"(「바느질을 하다가」)을 덧
댈 수 있기를 바란다. 아직도 어머니 눈에 눈물을 맺히게
하는 "철부지로 남"(「미안해요, 엄니」)아 있으며, 철없는
시절 상처를 주었던 것에 대해 미안해한다. 아니 시인은
어머니의 나이가 되었음에도 여전히 어머니의 아픈 손가
락이고, 도움을 필요로 하는 어린애라고 고백한다. 하얗
게 센 머리를 염색하던 날 "1.5리터 페트병에" 담긴 들기

름과 익은 김치 선물을 받고 마음이 들뜨고, 폭염 아래에서 허리도 제대로 펴지 못하고 가꾼 "참깨, 고춧가루, 통통 여문 마늘"을 보면서 "엄마는 어쩌다가 내 엄마 되었을까/ 가슴이 울컥해서 물음을 던져본다"(「선물이 도착했다」). 이처럼 어머니에 대한 기억은 모든 것이 시인의 마음에 풍경으로 남아 있다.

그런가 하면 열두 살의 시적 화자는 "네온 불빛 반짝이는 도회의 거리에서/ 새빨간 구두를 신고 따박따박 걷고 싶"었고, 서울 사촌이 "블라우스 나팔바지"에 "긴 머리 찰랑거리며 사뿐사뿐 걸어"올 때면 엄마를 졸라 빨간 구두를 샀던 기억이 새록새록 떠오른다. 시인은 "진열장의 빨간구두"를 보면서 내가 왜 그랬을까 하면서 철없던 시절을 떠올리면서 "온종일 고추잠자리 허공을 빙빙"(「빨간 구두」) 돌고, "해 뜨는 아침이면 나팔꽃 인사하고/ 달 뜨는 저녁이 오면 오동잎 떨어지"는 꽃밭에는 "할미꽃 패랭이꽃"이 피어 있고, "봄에는 삐비꽃이 가을엔 억새꽃이" "바람이 불 때마다 하얀 손 흔들"던 그 자리에 "흰 모자 눌러쓴 엄니"가 그 "논두렁에 앉아 있"는 것을 발견하며 좋아했던 때를 그리워한다. 아니 언제나 그 자리에 있을 것만 같은 어머니를 만나기 위해 들길을 달려가고, "백일홍 맨드라미 피고 지는 고샅길을"(「내 마음의 풍경」)을 큰 눈의 누렁이 황소가 쉬엄쉬엄 걸어오는 풍경이 시인의 마음속에 살아 있다. 칼바람이 불던 겨울 밤 "광목에 풀 메겨서 새 이불 덮어주"었던 때가 그립고, 거

울을 볼 새도 없이 수건을 머리에 쓰고 "콩 심고, 팥도 심고, 고추 마늘 도라지밭"에 나갔던 어머니가 그립다. 그러나 지금은 일하지 않고 편하게 지내고 있지만, 거동이 불편한 어머니를 보면서 마음이 불편하다. 그래서 "꺼칠허던 손바닥 굳은살이 없어"졌지만 "쑥물 든 까만 손톱 시방도 그대로"(「그거 참말 미안합니다-엄니께」)라면서 그 손이 남이 볼까 봐 부끄럽다면서 어머니에게 미안한 마음을 감추지 않는다.

3.

우리는 누군가를 그리워하면 마음이 가을 하늘처럼 높고 맑고 순수해진다고 믿는다. 눈물을 수반한 그리움은 자신의 삶을 가지고 있기에 나와 하나가 된다. 그러나 그 그리움은 모두 똑같이 정서적으로 반응되지는 않는다. 분명히 그리움이라는 관계의 대상으로부터 내가 있지만, 그에 대한 애착의 그리움은 특별하다. 그렇기에 시인의 그리움은 목마르다. 곧 나는 그리움으로부터 세월이고, 그리움은 나의 향기이기 때문이다. 그래서 우수가 드리워진 그늘이 없는 사람은 무엇인가 감추고 있는 사람이거나 혹은 감출 것마저 없는 존재의 가벼움을 감추고 있는 사람이다. 그리움의 열망은 감출 수 없는 것이기에 어쩔 수 없이 저만치 혼자서 거리를 두고 피하는 캄캄한 마음의 욕심이 되어 홀로 있어도 치유되지 않는 그 마음이 바로 그늘이다. 어떤 이는 푸르른 시절을 그리워하고, 어떤 이는 닳고 너덜해진 사랑에 괴로워한다. 인생의 끝자락을 준비하는 그리움 등 오래되거나 새롭거나 시인의 가슴 속에는 다채로운 그리움의 필름들이 파노라마처럼 향연을 펼친다.

절룩이는 인생길에
짐 꾸리던 기억들
월세를 줄이려고
전세금 모자라서
하나 둘 트럭에 싣고
떠나고 또 떠나고

드라마 채널을 옮기듯
세월은 흘러갔다
불혹이 지나가고
지천명을 넘기고
창 넓은 고층아파트
헐값에 팔기도 했다

학교 가는 아이들
가방 메고 달리던 골목
손 흔들어 이별하던
친구는 어디 있을까
오늘은 낮달이 되어

그 길을 읽는다

—「낮달 뜨는 오후」 전문

시인의 생애를 읽는 듯하다. 절망 때문에 울고, 확실성의 절벽에 부딪히면서 살아온 시퍼런 그의 진실은 울음과 침묵 사이에 존재하는 것 같다. 한 시인 자전적 고백이 성찰을 통해 의식을 벗고 낮달이 되어 떠오르고 있다. 시인에게 낮달은 세상에 존재하지만 인정되지 않는 존재다. 그러나 그 낮달이 작고 초라하지만 언젠가는 빛을 발할 것이라 믿는다. 밝은 하늘에 떠 있는 낮달은 위태롭고 초라하고 나약해 보인다면서, 존재하면서도 인식되지 못하는 자신의 존재를 낮달에 비유한다. 시인은 「그날」이란 작품을 통해, 자신의 상황을 잘 아는 주위 사람들이 "어떻게 지냈느냐"고 묻는 안부에 "염치없는 한 마디"라면서 "하늘이 부끄러워서/ 대답 대신 웃는다"며 불편해하는 이유이다. 그 어떤 위로의 말도 진심이 담기지 않으면 상처가 되고, 그 상처는 시인에게 오랫동안 흔적으로 남는다. 낮달은 세상의 편견 때문에 나약해 보이지만 밤이 되면 아름다운 빛을 발한다. 태양에 가려서 사람들에게 관심받지 못하고 존재하는 것도 잘 보이지 않지만, 언젠가는 낮의 태양만큼이나 빛날 것이라고 믿는다. 아니 상처까지도 그리움으로 끌어안는다. 변함없이 존재하는 것들을 향한 사랑, 그 그리움이 시인을 살리는 힘이다.

"새하얀 무명을 좋아하는 그 여자"가 "저만치 도망간

세월" 앞에서 혼잣말로 "독살시럽게 춥다"는 "그 목소리"(「501호, 그 여자-세월」)가 그립고, "들길에 코스모스 피"고, "억새꽃 촉촉이 아침 이슬 머금"고 "울 밖 감나무의 얼굴이 붉어지면"(「가을 일기」) 시인의 그리움은 사과처럼 익어간다. 그것은 "부푼 가슴 고향으로 발걸음 재촉하"는 "한가위 달빛 같은 사랑"(「추석 풍경」)의 그리움이며, "노란 은행잎이 편지함에 쌓"였다가 "하얗게 식어버린 애증의 흔적처럼"(「가을이 간다」) 가을이 떠나면 시인의 그리움도 떠나고, 함박눈이 "피아노 하얀 건반 다정하게 두드"(「봄눈 내리는 날」)리는 날에는 그리움을 바다 멀리 보내고, 「잠 안 오는 밤」이면 "허전한 가슴 속으로" "하얀 그리움"이 찾아왔다가 떠나가기도 한다. 그것은 "버리고 버려도/ 따라오는 그리움"(「가을, 밤은 깊어가고」)이며, "낯선 그리움"이 "두 눈을 부릅뜨고/ 길가에 우뚝 서서 먼 산을 바라"(「어느 가을」)보면 "회색빛 겨울 외투 가지런히 벗어놓고" "금강계단 앞에 서"는 시인은 "어느새 꽃물이" 들고 "산수유도 환하"(「통도사, 봄」)게 꽃 피운다. 이처럼 시인의 그리움은 빛보다 더 얇게 펼쳐져서 되돌아오지만, 되돌아오지 않는 것들은 항상 무거운 마음으로 남는다. 생이 지속되는 동안에는 내가 살아 있기에 말할 수 없는 '그리움'의 거리 때문에 내성적인 시인의 마음으로만 세상과 교감한다. 그래서 시인의 시는 늘 공간으로 비어 있고 거리감으로 우리를 초대한다. 멀지만 가까운 그리움과 나 사이의 거리를 확인한다. 사랑과 그리움은 살아 있는 한 영원히 알 수 없지만 시간의 지층으로 쌓여 있는 처음의 그리움으로 돌아간다.

4.

문학의 여러 장르 중에서도 언어 활용이 가장 넓은 분야가 시이다. 시인들은 종종 한정된 표준어를 넘어 방언의 새롭고 다양한 시어를 사용하여 자신이 추구하는 시 세계를 완성한다. 그래서 시인은 언어의 창조자라고 부르기도 한다. 시어는 기존의 언어 질서를 깨트리는 동시에 새롭게 구축하는 모순된 모습을 보여주는데, 이 시어는 시인이 새롭게 만들어 낸 개인어이거나 토속적인 지역 일상어일 때가 많다. 시어는 일상언어와 다른 범주로 존재하는 것이 아니라 일상언어를 바탕으로 시어화 과정을 거치면서 새로운 생명을 얻어 시어로 탄생한다. 따라서 표준어만이 시어로 사용되는 것이 아니라 방언 또한 시어로 사용될 수 있다. 다시 말하면 시어는 그 자체가 하나의 창조적 결과물이요 주술적인 언어라 할 수 있다.

말이여, 내가 언제 세상 뜰랑가 몰러도
땅에 묻힐랑가 불에 태워 재가 될랑가
모른다, 모른단 말이여
즈덜한티 짐은 안 될라는디

말이여, 죽어 어떡허든 한 개도 맘 안 쓸랑게

새 옷 한 벌 걸치고 떠나불믄 그만이제

오남매 울거나 말거나

생각도 안 헐란다

말이여, 살아서 오도가도 않던 자식

죽었다고 애통혀서 울믄 먼 소용이당가

밥 한 끼 같이 못 먹고

이십 년을 지냈어야

말이여, 내 팔자가 그런 걸 어쩐당가

원망도 안 헐란다 미워허믄 머허긋냐

시러도 내 자식이라

돌아서믄 보고잡드라

—「받아쓰기-어느 홀애비의 푸념」 전문

「받아쓰기」 전문으로 '어느 홀애비의 푸념'이라는 부제를 달고 있는 이 작품은, 말 그대로 아버지가 푸념처럼 하는 말을 받아썼다고 하지만, 시인은 이 말을 진담으로 받아들인다. 아버지가 무심한 것처럼 말하는 것은 체면과 자존심 그리고 미안함이 어우러져 그 마음을 쉬 드러내지 못하기 때문이다. "말이여"로 시작되는 이 시는 보이지 않는 눈물을 흘리며, 좋은 일에는 헛기침을 하고 황당한 일에는 너털웃음을 짓는 고독한 아버지의 존재를 잘 드러내고 있다. 그러나 자기 감정을 좀처럼 말로 표현하지 않지만 아버지들 역시 어머니만큼, 때로는 그보다 더 깊은 감정을 느끼고, 어머니의 사랑과 그 빛깔은 다르지만 아버지의 사랑 또한 무조건적이다. 아버지의 삶 속에는 고통과 치유, 혼란과 통찰력, 눈물과 웃음이 모두 녹아 있다. 언제 세상을 떠날지 모르는 아버지는 자식들 앞에서 마치 유언을 하듯 말한다. 만약 죽게 되면 땅에 묻힐지, 화장이 될지 알지 모른다면서 자식에게 짐이 되지 않겠다고 말한다. 오남매가 어떻게 살든 마음 쓰지 않고 삼베 옷 입고 세상을 떠나면 그만이라면서 죽었다고 애통해 울지 말고 살아 있을 때 얼굴을 자주 보여주기를 바라고, "밥 한 끼 같이 못 먹고/ 이십 년을 지"낸 것이 다 자신의 탓이라며 원망도 안하고 미워하지도 않겠다고 말한다. 그렇지만 "시러도 내 자식이라/ 돌아서믄 보고잡드라"고 아비의 속마음을 드러낸다. 이처럼 방언을 시어로 활용한 작품으로는 「장날, 작두콩」, 「털보백화점」, 「흰 눈」, 「어느 드라마 대사처럼」 연작, 「그거 참말 미안합니다」, 「미안해요, 엄니」, 「냉이꽃」, 「받아쓰기」, 「안티푸라민」 등이다. 이 작품들의 주제는 부모님과 관련된 시편들이 대부분으로, 방언(전라도 사투리)을 사용해 시적 긴장감과 효과를 살리고 있다.

　방언은 사람들의 살아온 자취나 흔적, 잔해와 세월의 흐름에 따라 위엄이 새겨져 있는 오랜 역사의 주름이다. 시간과 공간을 방언으로 재구축하면서 과거와 만난다. 방언은 독자에게 시의 운율성, 심미성을 느낄 수 있게 할

뿐만 아니라, 독자 자신의 삶과의 친근함을 느끼게 하여 시적 언어에 대한 감수성을 자극한다. 그래서 시인은 시에 토속적이며 한국적인 정서를 환기시킴으로서 정서적 공감대를 넓혀 세대·계층 간의 간극을 좁힐 수 있는 텍스트로 활용하고 있다. 시어들은 단어 자체의 의미 외에도 어감을 살려 시의 정서적 분위기 형성에 도움을 주며, 시의 의미에 진정성을 부여하고 있다. 방언은 민중들의 삶 속에 살아 움직이는 일상언어라는 점에서 민중성과 지역성(변두리), 토착성(현장성)과 계층성을 가지고 있어 사람들이 살아가는 다양한 삶의 방식이 말 속에 도드라져 있다. 이러한 말들을 밝혀 쓰는 것이 시인의 사명이다. 이순자 시인은 이것을 잘 알고 있다는 듯 방언에 배어있는 토속적인 가락이나 장단 말투, 억양이나 질펀한 심상이나 맛깔스러운 맛을 시의 행간에 생동감 있게 얹힘으로써 시를 더욱 풍성하게 하고 무게감을 더해준다.

5.

매일 똑같이 반복되는 일상으로 현대인의 삶은 지쳐 있다. 그 속에 한 시인이 그리움 속에 잠겨있다. 많은 그리움이 가을빛으로 쏟아지는 때 살아온 생의 길을 되짚어보고 있다. 때마침 따스하게 쏟아지는 가을 햇살이 이런 자신의 속마음을 훤히 꿰뚫어보는 것처럼 느껴진다. 한눈팔지 않고 살아온 삶, 결코 불행하지도 그렇다고 행복한 삶이라고 정의할 수도 없는 삶을 정리하는 중이다.

이순자 시인은 이제 과거의 그리움으로부터 탈출을 꿈꾼다. 그래서 다시는 열어볼 수 없도록 촘촘하게 못질해두고, 자신이 믿는 세계에 아껴둔 눈물까지도 다 바치며 이전과는 확연하게 다른 자유로운 영혼으로의 삶을 살고자 하는 순간, 그리움의 긴 터널에서 벗어나 무한한 자유로움을 느낄 것이다. 찬란하게 빛나던 삶이 어느 순간 박제되고, 그 시간은 너무나 멀리까지 와 버렸다. 그래서 시인은 그리움에 새로운 색감과 감성을 더해 드라마틱한 느낌과 분위기를 연출한다. 그리움을 담으려 노력했던 시간과 막상 기억에 남은 것은 온통 새까만 사진처럼 그때 바라본 빛과 어두운 실루엣뿐이다. 그 빛은 세상의 색들이 아닌 꿈을 꾼 듯한 느낌을 주고, 해가 비추는 기억 속에서는 한없이 빛날 것이다. 계절과 계절, 사람과 사람, 서로 교차하는 시점에서 바라는 욕망, 그건 아직 살아 있기 때문이다. 사람은 무엇인가에 집착하며 자신의 삶과 나이까지도 잊고 살 때가 많다. 살다 보면 비켜 가는 세월 속에 만남이 있듯이 어둠을 뒤척이는 계절 앞에 시인은 얼마나 고뇌하고 사색에 잠겼는지 그리고 세상에 남겨놓을 만한 나만의 시어들, 아름다운 언어들을 찾았는지 묻고 싶었을 것이다. 마음 가득 담고 있는 그리움과 견딜 수 없는 삶의 무게를 다 받아 낸 시인의 모습과 단풍 들기 시작한 가로수 나뭇잎을 보면서 시인에게 '가을빛 그리움을 꽃 피워라"고 말해주고 싶다.